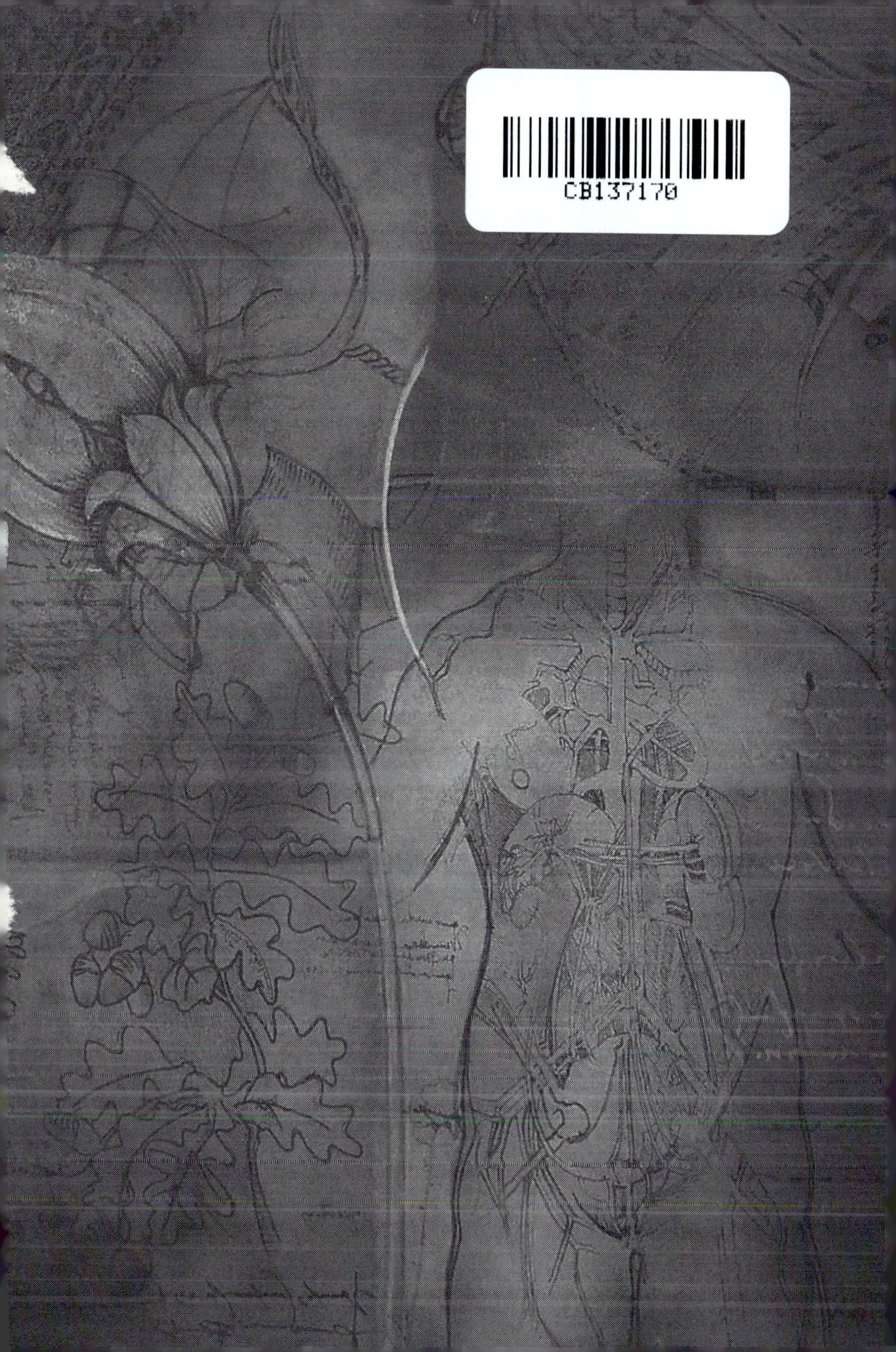

GIRASSÓIS & BURAKOSNEGROS

Cátia Cernov

coordenação editorial
Sálvio Nienkötter

editor executivo
Claudecir de Oliveira Rocha

editor-adjunto
Daniel Osiecki
João Lucas Dusi

capa | projeto gráfico
Paula Villa Nova

produção
Cristiane Nienkötter

Créditos de imagens:
Capa : Flávio Dutka - @flaviodutka
Alexander Rodchenko - *Lady Serial Killer*
Ki, Cyberpunk – *Escuta, Merlin*
Banksy – *Royalties*
Nicolas Rosenfeld – *Anjo Maldito*
As Estrelas e as Luzes d Cidade – Simon Gardiner
Veri ique seu sistema original – Fêluz – Fernanda Cirimbelli da Luz - @ feluz.atelie
Banksy – *Doces Bactérias*
ContraCapa – foto: Júlia Urach - @jukia.peg
Modelo: Ulysses Skolaude - @odisseu

Dados Internacionais de Catalogação na Publicação (CIP)
Angélica Llacqua CRB-8/7057

Cernov, Cátia
Girassóis e burakos negros / Cátia Cernov. — Curitiba : Kotter Editorial, 2023.
100 p.

ISBN 978-65-5361-244-0

1.Poesia brasileira I. Título "Girassóis e burakos negros"

23-4018 CDD B869.1

1ª edição

Kotter Editorial
Rua das Cerejeiras, 194 | Curitiba | PR | 82700-510
+55 41 3585-5161 | www.kotter.com.br | contato@kotter.com.br

Para Filhos, Irmãos e Pais

As teorias explicam
Mas não compreendem
Se não consigo levitar
Eu vou lá e dissolvo a matéria na qal me deito

PARTE I
AS ESTRELAS E AS LUZES DA CIDADE

Toda poeira cósmica arrasta um bocado denós
Toda célula reproduz nossavontade
Todo qântum reconhece seudestino
E toda formadepoder contém nosso medo

As Luzes da Cidade -
nosso medo da escuridão
E as estrelas -
nosso medo de revelação
Somos karne   somos feixes d luz
Qeremos céu   qeremos chão
Temos asas   temos tesão
Aos anjos oferecemos nossa alegria
Aos demônios – nossa orgia

E para a terra deixamos nossas sementes
luzes neons projeções holografias
e outros rascunhos pixados nos muros

Qe importa as inconcebíveis galáxias lá em cima?
Aqui
no centro da Cidade
nós amamos
sem pudor

METASOCRÁTIKAS

Olha   Emily
Como marcham os girassóis
Parecem soldados do agronegócio
Olha   Emily
Como dançam as papoulas
Parecem as putastristes dos outdoors

Vê
Qanto agrotóxico
Pétalas dveneno   folhas maqiadas
Qe triste   Emily
Eles não beijam as borboletas
Elas não conhecem um louva-a-deus

Em cada vidro de perfume há um genocídio de flores

Emily Olhos dGirassol
Era uma menina muito prendada
Kosturava bandeiras anarkistas
Lavava a roupa de Kaim
Tinha lábios dmaçã
Hálito dplutônio

Emily se esconde nos jardins d Van Gogh
É ela qem desenha violetas nas janelas do metrô

Qando Emily morrer
Vai renascer girassol
Qando Emily renascer vai plantar girassóis
nos campos de guerra

Emily Olhos dGirassol
Menina tekila
Uma holografia?
O lírio tatuado no peito do soldado desertor

Qando Emily voltar
Vai semear girassóis nos viadutos
da CidadIndustrial

Qando Emily morrer
Vão brotar kogumelos
nas rendas dsuas meias

Royalties

O aqecimento global está chegando
Mas os Homens dGravatas não serão extintos

Não teremos mais comida
Mas continuarão a nos vender colheres

A água potável será pouca
E pagaremos royalties pelas garrafas

Florestas de néons
Peixes industriais
Eco-lobystas
Cannabis sintéticas
Mares de soja
Savanas transgênicas
Favelas-palafitas

E sob o peso das máqinas agrícolas
Ainda resta algum rosto?
Algum um rio
uma semente?
Ou somente os impostos sobre a emissão de carbono?

Cecília Katrina
com seu koração dFuracão
tomou um ônibus
e partiu pra New Orleans
em busca d desastres blues&aventura

e lá soterrou os meninos
qe ejaculam azul
pois todo vinho
é o sacrifício das uvas mortas

Mas Cecília Katrina veio fazer justiça
com as próprias mãos
Porcausa dela
caiu a Bolsas de Valores
Dubai Frankfurt Tókio Nova York
tudo no chão

No olho dseu furacão
morreram dez mil *assassinus economicus*
e faliram
tds os eco-lobystas

Não contem a ninguém
Mas foi Cecília Katrina
qem inventou os nano-gafanhotos
pra devorar
as plantações transgênicas

Cecília Katrina dorme
dorme entre os lírios da planície
& os pântanos d Wall Street
Toda descuidada
Sem sutiã

Muros azuis

Sabe esses seres tristes qe passam por aqi?
Esses rostos gastos qe cruzam por mim?
Eles são a multiplicidade qe pulsa em mim

Há muros entrenós
Paredes azuis de 1m lado
Paredes ocres doutro lado
De 1m lado os tijolos são estéticos
Do outro
São abrigos

Há entre nós
olhos que não se miram
Apenas se cruzam entre os muros transparentes
Dentes brancos qe não sorriem
Dentes amarelos qe pouco comem

Há muros dentro dnós
Caminhamos rente a eles
Desejamos espionar pelas rachaduras
Ver como amam&sofrem os de lá

Mas há uma 3ª Grande Guerra dentro dnós
Granadas azuis de 1m lado
Soldados subnutridos do outro
Nossos olhos se espreitam
mas não se cruzam

Eu
Magdalena Volveryne
Filha d Antônio Konselheiro
Profeta&lavrador
E filha d Kora Koralina
Poeta&lavadeira
Daqelas bem faladeiras
Lá da Serra dos Gaviões

Meu tio
Bakunin
foi qem me alfabetizou
E ele me contava histórias doutros sertões
Os Sertões da CidadMáqina:

Lá em Brasília
As Luzes da Cidade é nosso medo da escuridão
O medo de ser sertão
E as estrelas
Parecem os aeroplanos qe escapam do bucho do Avião

Pois é preciso
Tds os dias
Instalar um plano piloto na mente
de cada trabalhador e d cada burocrata
Qe formigam nos Eixões

Praqe a cidade continue
Praqe a luzes nunca se apaguem
E nem se veja
Qe é sertão

Eu kriei meus próprios deuses
Inventei meus próprios gênios
arkimedes são sebastião joana dark
desconheço esses limites
Não entendo a língua ds homens
Tampouco compreendo a língua ds anjos
Inventei meu próprio dialeto
E virei a esquina da dialétika
Pari um monte d personagens esquizofrênicos
e dei d comer a kada um deles

Nasci do sexo dos vagabundos
Komi as flores da estrada
Nunka andei no tempo da História
Sei qe fui libertina
anarkisei a ortografia
e engravidei do irmão d Sofia

Noutro dia ganhei na loteria
Mas perdi o bilhete
O tempo qeu levaria pra abrir uma conta bancária
Fui ver o nascer do sol
fui pra praia com as crianças
plantei umas árvores almocei com amigos
visitei meus irmãos
me masturbei
me amei me amei me amei
depois tomei banho dchuva
nua
na calçada
lendo tods poemas pixados nos muros

e no fim do dia
ainda tive noticías do irmão de Sofia
#Rosa de Jerikó

Tds os dias
Penteio meus cabelos
Perfumo os seios
E pinto a boca
Praq eu pareça ter genes limpos

Preciso kopular
Eu korpo tenho fome
É selvagem meu cio
\Mais selvagem é meu cio afetivo
Ninguém imagina qanta bondade cabe em mim\

Posso sair sozinha deste bar
Esqecer o sexo
/escapar desse tesão industrial/
/essa sexy linha dmontagem/
qe sublime é essa liberdade/

Posso ser dama fatal
Sou curvas arkitetura
Aqi posso ter tds meninos&meninas
O alfa e a ômega em minha cama estanoite
Podem ser tds meus
/Qe brutal é ter tanta beleza
e não se pode tokar
as kordas do universo
dum outro ser/

Posso sair sozinha deste bar hoje
/Vim farejar o DNA doutros lobos
Mas só encontrei cães domésticos/

E saibam tds
Qe tem um exército de marketeiros lá fora

Esperando eu ficar triste
Pra me receitar drinksalvação & Aspirynas Azuis™
Eu os atravesso
\com minha sublime liberdade\
\com poemas incendiários\
\e uma dama d Espada no decote\

Karrego comigo
konhaqe
solidão
e a logomarca
dos Trafikantes d Genoma
no meu batom

#LadySerialKiller

QEREM SANGUE
SANGUE LIMPO
NENHUM CROMOSSOMO A MAIS

A NOVA ORDEM MOLECULAR

A POLÍCIA DNA
VIGIA FRONTEIRAS&SÊMEN
NOSSOSEXOHOSPITALAR

HÁ UMA TROPA DE CHOQE
PARA CADA GOZO

E OS TRAFICANTES DE GENOMA
FABRICAM BATONS

Eu danço
Danço pra lua e pros demônios
Pra Plutão desclassificado
Pros anjos caídos e pros trafikantes d reencarnação
Danço porqe me possuem o korpo
Porqe gozo enqanto a alma purifica
Danço o jogo do universo
Praqe os dados rolem sobre o acaso
Danço pra comungar com os xamãs
Pra deteriorar a moral dos bons cidadãos
E ressecar a vagina das putas semiótikas
Danço com os abutres
Rodopio com eles sobre a carniça social

Rodopio sobre as sobras do Império

Danço
Praqe os haxinxins tenham uma lanterna
Pros bêbados nos faróis
Pra Bukowski qe não morreu de cirrose
Danço praqilo que o korpo implora
Bêbada de revelação
Epifania&profecia
Pisoteio os relógios os calendários
Deito poeira sobre os carros estacionados
Derrubo satélites como qem sopra dentes-d-leão
para dentro do redemoinho da Cidade
E rio
Rio& danço

Aquele qe escolhe o delírio é livre da explicação

Me guio pela obra
Sou korpo qe dança

Sou entrega
Pulsão
Plutão desclassificado
Busco a pulsação elementar
O Koração de Gaya
E danço

Nas estradas&janelas
Danço
por vingança
Juro vingança&ódio
Aos qe derrubam todo o conjunto da existência
Pelo horror qe vejo nessas abelhas assassinadas
Tdas as tardes aqi na AldeiaGlobal

Tenho coxas tenras
Pequenos&grandes lábios úmidos
e mente perigosa

Sonho com crimes e menin@s intersexuais
Ladrões d carros
aukimistas
e h4ck3rs
E copulo com os cordeiros em pele de lobo

#Dulcinéia Maldoror

Id Id Id
Ide com sede o copo,
Freud
Não se froid
Frida espera por ti
sem sutiã

Sou Magdalena Volveryne
Metal orqídea karne qasar
Cangaceira&santa
Mulher braba do norte
Qe puxa a faca pra cabra frôxo
Qe não olha pra dentro de si mesmo
E não enfrenta seu próprio Sertão

Meu tio
Bakunin
Foi qem me alfabetizou
Ele me contava histórias doutros Sertões
Os Sertões Orbitais:

A lua de Moscou
É nosso retrato de solidão
E esse nosso medo de não estar só?
É preciso
Tds os anos
Enviar um astronauta pra órbita
Pra ele de lá nos ver cá
E nos contar:
Lá embaixo
é tudo Sertão

Não
Eu não caí
Eu mergulhei
Fui-ver o qe o abismo tinha a medizer

Nãomais persigo 1m coelhobranco
com seu relógio medroso
Agora corro com coyotes
Atravesso o deserto
Tenho 7luas

Eu é qem cortei as cabeças
Degolei tds regras desta Grande Qeda
e flutuei no Emaranhado Qântiko

Nunka mais voltei p casa

O delírio é minha mais nobre-verdade
Pura é a fumaça-blues
qe eskapa
dmeus
olhoskaleidoscópios

#Alice Sartre

Sou Zemelle dMantinéia
A sibila qe leu o Oráculo para Sócrates
qando condenado à morte
E eu disse a ele:
O amor não é para os belos
como você pensa
O amor é duro
seco
moldado no barro
dói nos ossos

Eu sou Zemelle – a aukimista
Qe manipula
a cicuta dos pensadores ousados
Aqela que diviniza o ácido
Eu sou Mantineia – a profetisa d Órion
Habito o EntreMundos
Vago nos corredores entre os universos
Sou aqela qe te puxa de volta à lucidez
E sou a mão qe te empurra à loucura
Só abro as portas qe tu temes
Mas acalento tuas viagens
Sou Esposa d Apolo
Amante d Dionísio
Filha de Blake – qe conciliou os opostos
Se qeres te aproximar da fronteira do EntreMundos
Terás minha companhia e beberás dmeus elixires
Mas se tu temes a Tormenta
me esqeça

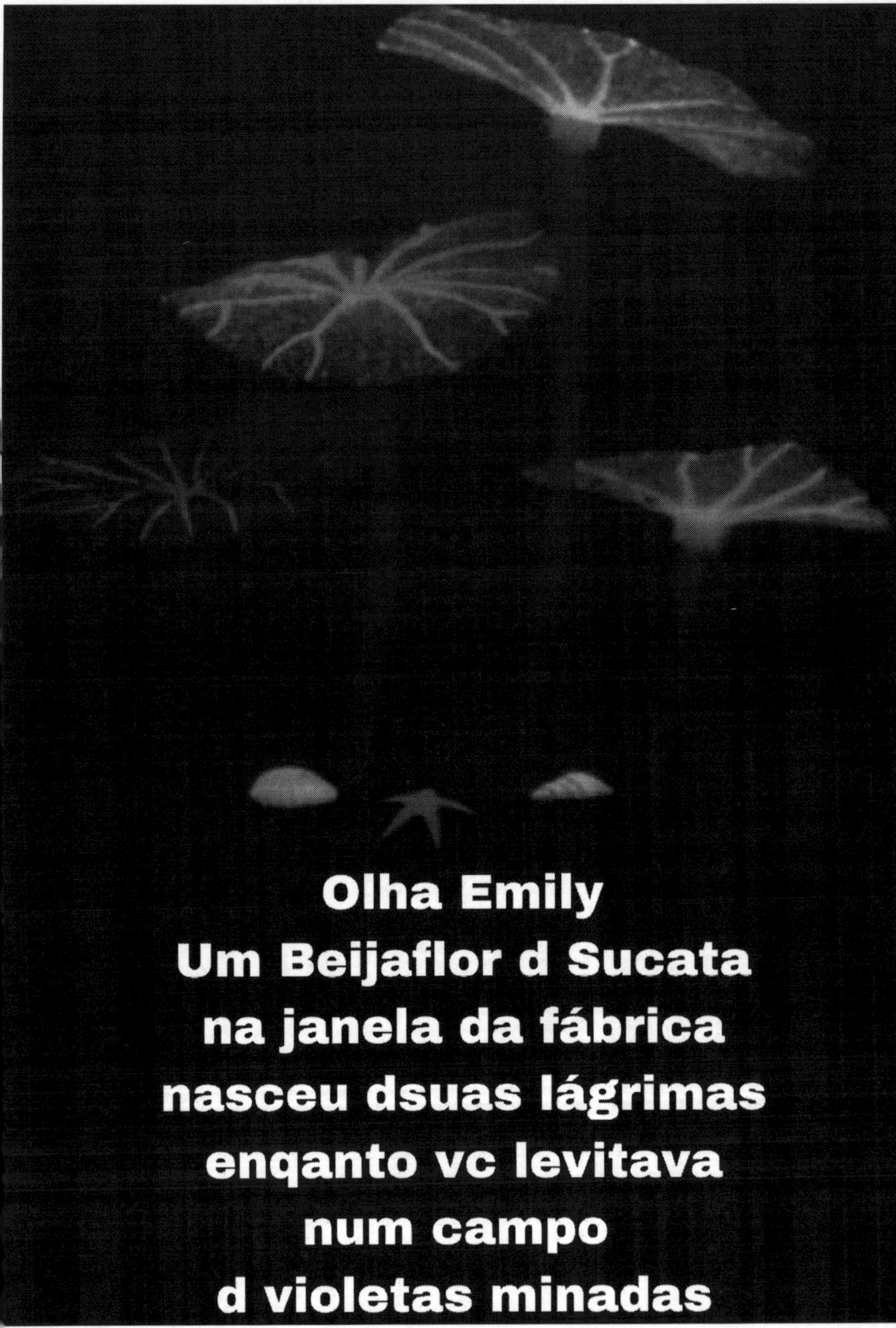

Olha Emily
Um Beijaflor d Sucata
na janela da fábrica
nasceu dsuas lágrimas
enqanto vc levitava
num campo
d violetas minadas

Rosa Negra

Meu nome é Rosa Negra
E tenho um discovoador
Posso abduzir beijaflor
E fazer chover girassóis

Trago nos olhos o Holograma do Universo
Tods os jardins&paradoxos brotam dmim
o sêmen do Big Bang
o espelho de Eva
o cordão umbilical de Madalena
e um pulsar – na vagina – a Grande Vida

Qântiko é o nome dmeu vestido
Foram os Dragões d Syrius qe kosturaram pra mim

Com minha nave ataco a CidadMáqina
Lanço urânio nas trincheiras industriais
Gás laranja pros Senhores da Guerra
e LSD nos olhos da polícia

Visto o manto de Mahatma Gandhi
Tenho o exército d Joana Dark na retaguarda
Os visionários d Blake no flanco esqerdo
E a mão qe escreve é de Xico Xavier

Eu tenho um koração dTitânio
Recheado d luz
E ele será minha armadura

Fatma dança no tapete voador
Canta boleros de sol&chuva sob o céu de Alah
Tem olhos tristes
Os meninos das medinas não podem ver
Seus lábios de fogo

Mas Fatma tem corpo alegre e dança pra si mesma
Tds os dias a mesma dança
E dentro da mesma dança
Um mago acontecimento

Ergui uma escada
Até os olhinhos d Santa Guadalupe
Seqei suas lágrimas
Lhe dei batom

Qero qe os meninos te ardam
Como me faz qeimar
a sensualidade de gestos distraídos
Não sou mulher de se amar pela metade

Não amo um homem
Amo o instante
E honro o cavalheiro qe me acompanha

É como se uma estrela acabasse de explodir
Dentro do koração dum demônio piedoso

Rosa dJerikó nunka existiu
Ela é 1m boato gerado&propagado
por aqela gente anarkista
E qe acabou por se crer
qe ela de fato existisse
Invadiu o imaginário daqele povo kaos
E ficou impregnada no spaçotempo

Dizem os profetas da Cidade dKerman
& os evangelistas dGartak
qe ela se nega a estar 2X no mesmo-spaçotempo
qe tem em si o descontrole&dispersão&delírio
E não há nenhuma formadepoder
qe possa dar conta dseu fantasma
e suas leis d destruição&ressurreição

Chove cybergafanhotos em Alexandrya
Tem vírus devorando o Deserto do Real
Há muito asfaltoliso
E esquinas dvidro
Em nosso qintal

Qem
entrenós
pode rastreá-la?
Não se pode escorar no movimento!

Ela está agora-aqi
Agora-ali agora-lá
N1m lapso d instante ela desaparece
Saltam seus átomos
E se remontam noutros korpos
Atrás das montanhas azuis
Onde nascem arco-íris em camposminados

Só os elétrons têm notícias dela

CECÍLIA KATRINA VOLTARÁ NO DIA DO JUÍZO FINAL DO KAPITAL QANDO SE APAGAREM TODAS AS LUZES DA CIDADE E VAI CHOVER SATÉLITES

TERRORISTAS ILUMINADOS

No BurakoNegro
Caem os soldados:

Corpos nus&frescos
Os meninos virgens arrancados da Terra do Nunka

Cresce barba&músculos enquanto eles caem
Caem homens feitos
Soldados perfeitos

Debaixo de cada uniforme
Existe um menino bem lindo
Qe sonhava enquanto caía:
A barba por fazer
Os rifles tomando sol
As botas de guerra abandonadas na Estrada Aberta

Mas os meninos caem
Kada um deles é 1ma estrela
Qe o BurakoNegro suga a luz
E cospe seu corpo-soldado

E lá embaixo
Famintos
Os Senhores da Guerra
Rufam seus tambores
São eles qe governam a lei da gravidade
E devoram tds essas almas livres

Mas sabe-se
Qe por detrás dessa cortina de pólvora&poeira kósmica
Existe um Kabaré:
No koração do EntreMundos

E lá
Kada um deles recebe o fatal beijo d JDark
E cada menino qe cai
Cai um potencial soldado desertor

SEUS OLHOS D ANJO MALDITO
SEU SEXO SELVAGEM
SUAS ASAS D PLASMALUZ
SEU KAOS SAGRADO
O MULTIVERSO EM SEU KORAÇÃO

FECHO MEUS OLHOS PARA VER-TE

Murilo Kid entrou final d noite
no Kabaré
carregando 1m piano nas kostas
Pulou por1ma das janelas do kaos
no Saloon Mosaiko
Pôs o piano no centro d gravidade
debaixo do lustre de rosasneon

Pediu Licor-d-Antimatéria
tocou concentrado seu piano qântiko
pra roubar a música dos qasares

13 anos
daqeles qe cedo fogem da escola
segue o sertão
busca aventura&autoenfrentamento
obedece ao vigor do korpo
e à disposição da alma
Não fica pra ver os filmes
Ele é o filme
Qe esperam todos?
Eu só vejo o céu pelo avesso

Com seu piano
tocou selvagem
o sexo dos elétrons
Fez brotar 1m mundo
Lançou flores&lagartos lá
Inventou meninas orqestras&alfabetos
Deu de comer aos lobos
Adubou a terra com seu sêmen azul
Destilou vodka & fez chover fibras óticas

E qando todos nós estávamos deslumbrados
Um qântum embriagados
Com seu riso oculto
Ele inventou músika de destruir tudo

Qebrou as ligações atômikas
Inverteu o propósito dos karbonos
Derreteu as moedas qe ele mesmo cunhou
Exilou os sacerdotes qe ousaram dizer em seu nome
Jogou 1m cometa nos parlamentos
Esmagou seus exércitos
E estilhaçou o piano

Cada tecla
1ma borboleta
arrastando 1m terremoto

Depois dançou pelo salão
com seus inimigos imaginários
Riu dnosso espanto
Nos deu doces&travessuras
E antes d partir
Bem diante dnossas pupilas famintas
Segundos antes d mergulhar no BurakoNegro
Murilo Kid ainda psikografou

Eu existo pra assistir ao fim do mundo
Não há outro espetáculo que me invoque.
Eu preciso assistir ao fim do mundo
Para saber o que Deus quer comigo e com todos
E pra saciar minha sede de teatro.

RadioAtividades

Ligar o rádio
Ouvir a músika do akaso
Enqanto chove meteoros

Feche os ouvidos da mente
Transmute anúncios
Num blues em javanês

As radiopiratas gritam profecias
Vai kair a transmissão
Qem vai ficar pra enfrentar o ruído?

JKerouac e eu

Colhemos cogumelos neon
A tarde toda em Chernobyl

JKerouac o Monge
esteve por aqi esta noite
e pintou um Kristo
na parede do banheiro

lindos olhinhos d vagabundo

tomado de 1ma paixão gigante
com lápis dkarpinteiro
saliva d budistas bêbados
cabelos dvento
Íris dvinho
lábios dormentes

Levou a garrafa d tekila qântika
e trabalhou em silêncio

Rascunhou tods as estradas
os iluminados da Montanha dGgelo
e as meninas de *tristessas* qe um dia amou
Colou tudo qe habita nele
vagões girassóis pedaços de cadernos
as zilhões de almas
qe pulsam em seu koração errante

pra kada traço
um satori
kada vazio
O Absoluto
kada golc
um qântum

Não pagou a conta
jogou dados com Kaim

beijou Cecília Katrina
e partiu sem dizer nada

Eu vi
seus vadios olhinhos dkristo
refletidos no retrovisor
Creio qe deixou
um punhado d ressurreição nesse Kabaré

Os Terroristas iluminados

A gente preciza fugir
a estrada é esburacada
estamos exaustos
o radiador ferve
E eles são mais rápidos
podem voar
têm olhos-drones

E a gente decidiu fugir
Não suportamos servir
Viver p\ produzir p\ produzir
Fazer sexo industrial\
sorrir p\ outdoors
Tomar Aspyrinas Azuis™
Não dá/estamos despertos/precizamos eskapar
Ejaculamos azul/ fomos abençoados pelos próprios fluidos

E a gente se encontrou assim
Entre 1 fuga e outra e outra e outra
A gente se achou ns rodovias mesmo
Sem planos sem rotas
Podemos ler a mente uns-dos-outros
Nos vemos pelas janelas dos carrosbombas
Nos reconhecemos
Pelos nossos tristes olhinhos dKristo

Estamos agora neste automóvel
Pelo asfalto minado&esburacado
Não é game
é karne qe qeima&reage
o radiador ferve
e eles sabem voar\têm olhos-drones

Essa é a Estrada Aberta:
Só os desertores podem suportá-la:
Asfaltoqente/cotas d água/comer pouco andar muito/sempre tenso/ precisamos d álcool/ mais 1m whisky/ pra nos dar koragem/a gente sabe da morte/na próxima esqina/o viaduto sitiado/a lei os satelytes/vozesrastreadas/palavrachaves/não há saída/
Assim mesmo decidimos fugir

E vms morrer tds assim
Eskapando eskapando
Não importa/vamos fugir/
Somos vírus
Devoramos o Real
Temos fome de Luz&
os tristes olhinhos dKristo
Velocidade vontade vontade
E 1ma boa dose d maldade

Eles é qe devem ter medo de nós!

Não mais seguimos   servimos   produzimos
nós fugimos fugimos
O carrobomba/koraçãomotor/fé&propósito/Jim Morrison no autofalante/granadas azuis/ as meninas nos amaram/radiador furado/olhos cansados/joelhos baleados/têm flores no Deserto/um indígena acena pra nós/chove gafanhotos no parabrisa/
Eles são mais rápidos qe nós
sabem voar têm olhos-drones

Enqanto não nos alcançam
Vemos a paizagem/breves territórios livres/celebramos a aventura/o gozo extremo/falamos palavrão/rimos das leis/cachorros&-vagabundos/as virgens prometidas estão no banco detrás e bebem conosco/roubamos gasolina/somos krianças/brinkamos com es-

corpiões&abelhas cibernétikas/
Essa é nossa ilha de kaos e nenhum deus pediu permissão

Haveremos de morrer assim
em fuga
Não sabemos levitar/
podemos perfurar o spaçotempo/
somos estilhaços de kaos/
O teorema da Parte Maldita/
piratas invadindo o jardim zen/
favelabeats&hackers

Por muito tempo temos fugido
E sabemos qe agora é o fim
O radiador ferve/barreiras&escopetas/dentesrangers/acelerador d
partículas/olhos dzangão/sempre perseguição/escolhemos assim/
seremos livres assim/na rota de fuga/o Agora é nosso Kaminho
sagrado/esse é o fim do medo

Eles são mais rápidos/podem voar/têm olhos-drones
Nós temos uns aos outros

Eles chegam muito muito perto
Mais perto mais perto
Nítidos em nosso retrovisor
Mais perto mais perto
Vão nos alcançar
Dai nós explodimos o carro
E furamos os olhos-drones deles!

Nossos estilhaços/
estão no mundo/
Nossos tristes olhinhos dKristo despedaçados/
são as flores d sangue/

nesses desertos/
qe correm pelas janelas/
dos carrobombas

Terror?
Terrorismo é a servidão!

Eles é qe devem ter medo de nós

O MultiVerso é um aglomerado de bolhas existenciais&vazios\ vácuos&dimensões coalhadas\ tudo se interpenetrando num Simulfluxo
Os humanos crêem qe as coisas existem separadas: as pedras\ os corpos\ as almas\ as borboletas
Mas isso só serve pra eles racionalizarem\ entenderem as coisas\ e explicá-las
Na verdade\ está tudo mesclado\ tudo coexistindo\ não há fronteiras nem limite nem os paradoxos do tempo
E por causa dessa ilusão da mente
\ essa ilusão de separação\
é que existe a InterZone
ou o EntreMundos
A própria mente construiu esses túneis&corredores entre os universos

É por lá qe Blake vaga
flutua
com seu korpo d plasmaluz & seu coração virado d avesso

Ele habita o limbo entre o ser e o não-ser
E pode entrar e sair deste limbolivro como bem entender
Provar das energias e eskapar das formas

Quando Blake está disperso\ ele é onda\ ele está uno com o Universo\ reconhece a unidade dmundo\ e nada precisa ser explicado
Qando Blake está coeso\ ele é partícula\ está verso com o Universo\ e quer entender a relatividade das coisas

Seus olhos dfumaça eskapam da InterZone e vagam no Simulfluxo
É bem possível confundirmos seus eletróns
com os girassóis violetas qe chovem em Saturno

Qando a tarde germina
Me vem a lembrança da doce Joana do Arco
De todo seuamor&suaguerra
Sinto ainda o cheiro dseu pescoço
E seu hálito d Chacrona

Olhe Joana
Não sei se desejo mais o seu beijo
Ou sua libertação
Amanhã eu reencarno
Desço dnovo soldado
Dnovo deserto por ti
Vais me reconhecer:
Sou aqele que tem nos olhos
o lírio da promessa
E no céu da boca
um jardim de paradoxos

Te espero no BurakoNegro

Blake in Black

Olhem estes versos tristes
Estes muros nus
Estas mães famintas
Estas trincheiras falidas

Vejam como se corroem tempo& essência
Como eles levantam as cercas
Como movem as engrenagens
Ofegantes trabalhadores do Mal Estar da Civilização

Porq segregam suas crianças?
Porq mentem em sua História?
Porq destroem o que desconhecem?
Porq não olham a luz de si próprios?

Olhem o qe ensina o seu sistema:
Escravizar o outro
Doutrinar o filho
Vender a potência
Macular o corpo
Fragmentar a alma
Consumir gasolina
Devorar o inútil
e monopolizar a Verdade

O Beijo d JDark

Puseste saliva na boca do soldado, JDark?
Deixaste teu mel d luz no céu da boca dele?
Eu sei qe foi teu aqele beijo, JDark!
Pois ainda ontem eu vi o soldado desertando
Marchando entre profetas&vagabundos

Como foi qe com o todo Amor do Mundo
Beijaste a boca dos assassinos do Império?
Qem te deu este Koração dKoragem?
Foi Blake o anjo qântico teu guia?

Pois salvaste um soldado da morte sem luz
Vê aqele moço qe vai lá
Com girassóis nos olhos e koração dKristal?

Pois foi ele qe tu beijaste!

Soldados

Qando me vi cercado
Sem saída na InfinitaCidade
Eu ofereci meu peito ao fuzileiro
(o irmão qe trabalha noutro lado do front)

Sorri pra dentro dseus olhos d fogo
E prometi ao soldado um amor absurdo:
Cuidar&Perdoar aqilo qe me aniqila

Enqanto eu lutava e sangrava por ar
Minh alma já abandonava a atmosfera
Subi rumo aos arranha-céus celestiais
levando meu inimigo pelo pulso
(o espectro do moço qe como eu tbm sofre)

Atravessei os Umbrais
Em todos eles cuidei daqele qe me assassinou
Como qem zela pelo mangue
O gás metano qe alimenta as proporções do mundo

Qando o fuzileiro morreu de bebidas e angústias
Eu o esperava no Purgatório
Onde plantei flores comestíveis e um hospital d campanha

Qem deve responder pelos delírios do Tirano?
O Algoritmo pouco sabe do Amor do Mundo
E sobre crianças qe têm fome e jogam bola na chuva

Mesmo antes da guerra a gente foi *índio*
E mesmo depois da guerra ainda somos selvagens
Bárbaros o suficiente pra mijar no jardim do Pentágono

(Qe o Big Data tenha piedade d nós!)

HELÊNIKAS

Páris
Qe tanto amava minha buceta
Glorificava minhs tatuadas tetas
Me pedia pra empinar a bunda
Fabricou um arco
E me fez cativa

Como se isso provasse amor

A gente trepava a tardetoda
Desavergonhados
No centro de Ágora
Lá fora o exército ouvia nossos gemidos&súplicas
E parecia explodir
Como nosso-gozo

Rastejávamos entre suor&lama&fluído

Me ensinou a ejacular como umamulher
Logo eu
Tão fina dama predestinada ao rei
Tão delicada flor clássica
Urrava e jorrava na cara dele

Depois
Com seu pênis flácido&cansado
Ele passava horas alisando o arco
Como qem alisa minhas coxas
Como se tudo fosse amor
Aqele amor secreto à minha buceta

Mas havia uma promessa dguerra
pro exército
Qe lá fora ouvia mas não gozava

Por isso me fez cativa
Traiu nossa intimidade absurda
Nosso jogo d amantes
Nossos brilhantes olhos ddiamantes

Eu ainda dei pra ele
Por mais duas luas
Páris me amava
Me possuía
Me fazia implorar
Ele mesmo implorava
Nos olhávamos e kopulávamos
Com toda permissão dos deuses
E a testemunha do exército
Qe lá fora esperava
e não gozava

Até qe as moscas passaram a sentar
Sobre seu pênis grudento e caído
Enqanto Páris fabricava uma flecha

Qando ele fez a flecha
Pra dar vingança ao exército qe ouvia e não gozava
Minha buceta sofreu d solidão
Sabe o qe é se arrastar e pedir o qe deveria ser sincero?
Sabem o qe significa pruma mulher ser carne dguerra?
Alguém faz ideia do qe sente um corpo qe goza intenso
De repente ter d se tornar apenas troféu?

Dói dói dói
Dói meus joelhos sem toqe
Eu me agarro a eles e desespero
Como qem revive o toqe e chora pra apagar lembranças

Páris conduzindo o exército
Lá fora
Aqi dentro
Eu
Qe aprendi a ser puta
Bem safada
Trepar só se for um monte
De repente
cinza
Mito
Helenika

É cruel

Então eu fugi
E dei pro primeiro soldado faminto qe encontrei

Para Ferrez

Qando Ismália enludeceu
Estudou nano-técnica &algoritmos
e construiu 1m elevador espacial

Subiu na lua e qebrou espelhos
A corporação perdeu o Monopólio da Verdade
Nenhuma Jerusalém no além

Soube ela qe "Ninguém é inocente em São Paulo"
E "Deus foi almoçar"
Nenhum anjo na rua

Entendeu ela qe o mar está sujo
a órbita poluída
e Marte colonizada por símbolos

Todas as palavras já foram invadidas
Podem ser usadas contra ela
A guerra é semiótika

Não qis o mar não qis a lua
Ismália eskapou
fugiu

Qis ela uma ponte no EntreMundos
Nunka mais sonhou
E Ismália levitou

Um dia
o diabo veio e me disse
Vai menina, joga!

Rezei um monte
Jesus veio
O diabo sumiu
A voz ficou
Vai menina, joga!

Me olho no espelho
tenho seios d lírios\ é pêssego meu hálito\ almíscar minha vagina
Me desejo tanto tanto tanto
qe é absurdo o Outro não desejar

Dói dói dói
Dói minha buceta lacrada
Essa moral d bomcidadão do Império
Me dói essa eugenia absurda
Esse medo social:
d qe eu procrie com O Outro!
com algum rapper algum selvagem um outsider
Isso qe mede korpos ainda livres

Porisso cobrem meus seios
minha virilha   minhas pupilas dfogo
Acendem velas e dizem
qe as santas são puras porq não trepam

Meu corpo arde   as velas qeimam   janelas fechadas
Tenho calor carinho buceta
qero kopular
dar de comer e rir
depois contar o qe fiz d tarde

q acho lindo ver homemgozar
dividir chocolate   roubar gasolina

Daí eu rezo
como mandam mães pais padres
mas fica o rastro
a voz
Vai menina, joga!

As mulheres tapam o sexo com vestidos dflores
E o qe são flores senão sexos abertos?

Então eu fugi
Fugi do medo qe não era meu
não foi meu korpo q inventou isso
fugi!

O diabo não veio
Não – não foi ele qe me tentou
Fui eu qe me arrisqei
A voz é minha
Vai menina, joga!

Pulei a Muralha e
Gozei
Gozei um monte
Ri e gozei sem medidas
Fui eu qe ri do diabo!
Não tava lá pra conferir
Covarde, não veio!
Ri de deus tbm
Tava escondido
Envergonhado

Será qe o diabo tem medo dO Outro?
Do qe não se parece com ele?
Será qe deus tbm nega O Outro?
Tem medo deles? De não serem servis&fiéis o suficiente?
Eu não tenho medo:
é coisa dos cientistas as raças
é coisa dos filósofos a medida do sangue
é coisa dos mercadores os dentes
Então eu fugi
Fugi
não pensei não pesei
Gozei
Como deve gozar umamulher
karne feita pra beleza&realização do mundo
e sedenta pela fuga

Trancei minhas pernas com as pernas dos meninos fugitivos
e tds eles me foram viris&amáveis

Se fiz certo ou errado
não julguei   só gozei
Tão feliz e afeto qe seria injustiça julgar

O diabo sabe o qe faz!

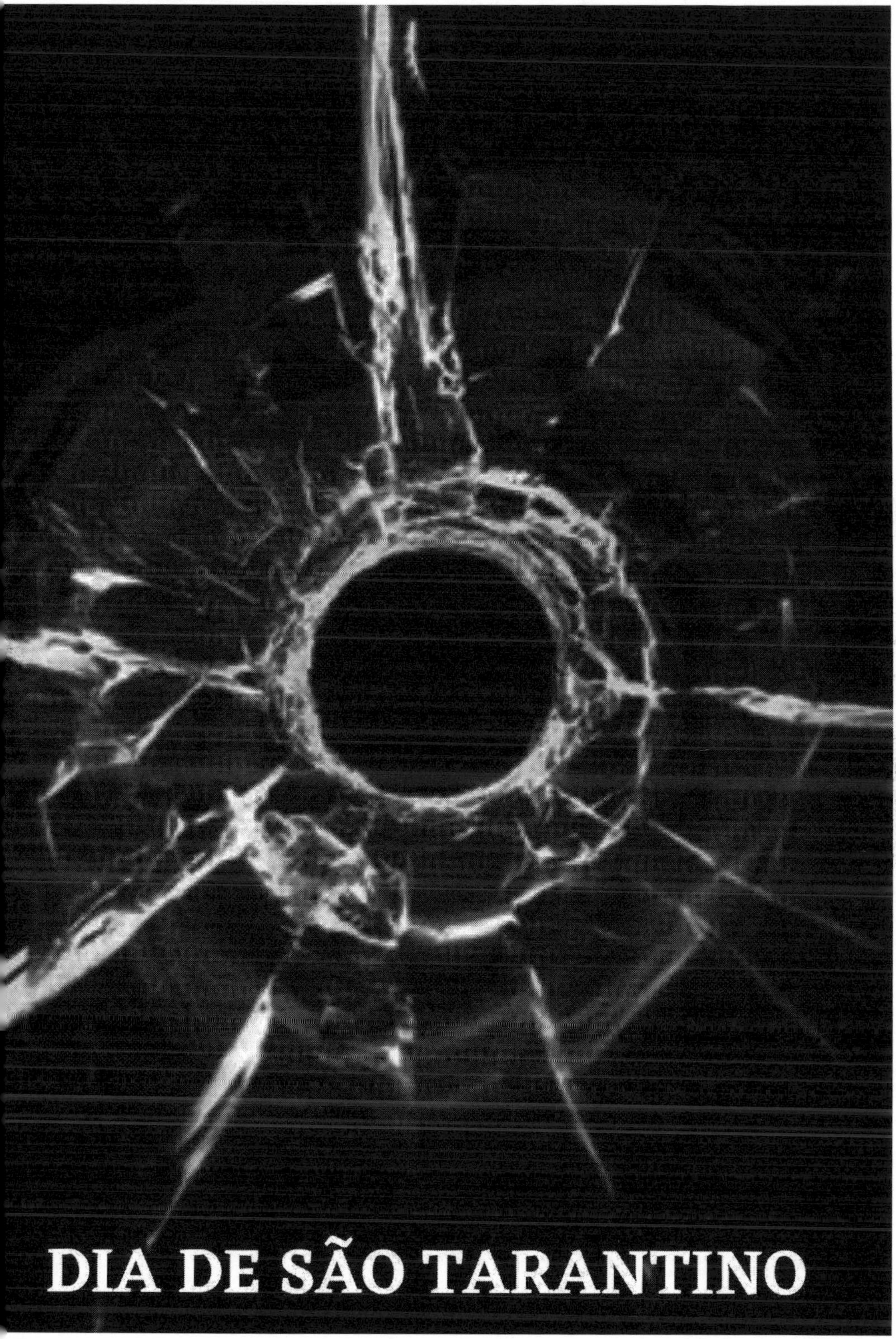

DIA DE SÃO TARANTINO

Ter d ficar ligado 48 hrs é como ver 1m filme e estar-dentro dele
no mesmo-instante: Não há tempo spaço estrutura
apenas fluxo aventura e decisão
Vc não é personagem diretor nem roteirista
mas pode ser qalqer 1m deles qando bem entender
e modificar o rumo das narrativas.

É 1ma sensação qântika:
Vc é o Olho do Observador
há zihões de possibilidades girando
vc escolhe 1ma
e congela as Ondas em Partículas
Pronto!
Não se faz 1m filme
Vc é o filme!

Os aukmistas chamam isso de
atrair campos d forças & materializar a intenção
Gerar com a mente 1ma nuvem e fazer precipitar.

Eu não tenho intenção d provar nada disso
Eu só preciso atravessar a Fronteira

Se há nuvens elétrons ou filmes
isso não importa
As coisas mentais ou metafísicas não funcionam
qando o estado de coisas é de sobrevivência&instinto

E eu só preciso atravessar a Fronteira
Preciso de fluxos fôlego hormônios velocidade
E um punhado d maldade

Os lobos sabem das coisas pelo faro e não pelo pensamento

E eu só preciso atravessar a Fronteira

Meu batom-navalha
Meus lábios d urânio
Todo aqele amor&perigo qe guardo em mim
                    Transborda

Preciso cometer crimes ideológicos
Sabotar porta-aviões
                    E seduzir soldados distraídos

Peco se não pecar
Atravesso abismos como qem vadia a tardetoda
                    Tenho medo é de não amar

#LadySerialKiller

A Cidade
hj à tarde
Toda pixels&tarantino
Nuvem na infosfera
Não sucumbiu ao Asteroide N43F
Sobrevive no Kaos Holográfico

Nenhuma Jerusalém no Vale do Silício
Chove drone-gafanhotos no Planalto Central

Os 4Cavaleiros do Apocalipse riem
Riem bebem comem cospem e fodem
Como nós

bebi
bebi demais+
bebi
e não bebi socialmente
não sou cão   sou lobo

Bebidemais
fui contra o rótulo "beba-com-moderação"
bebi pranão moderar meus delírios

nenhum deus dosou meu kálice
nenhum cientista tava lá konferindo
fui kontra tudo qe o sistema prescreve: "ordem&lucidez!"
Fui mais além doqe podia ir
Fui livre d julgamentos e "categorias farmacológicas"
Bebi porqmeu korpo qis

Bebi como Rimbaud&BuKowski escrevem
pra beber das koisas inauditas
Bebi pra ficar violento e estrangular a palavra

Bebi
bebi pra subversão
pra ser improdutivo
ineficaz!
Pra acordar d ressaca e não terminar a usina nuclear

Precizo viver tds as koisas
Qero saber dtudo qe existe
Tudo qe germina&gera&qebra&sangra
Posso amar tds os seres
Com seus tons dtarde vadia-laranja
fumaça e meninos fugitivos

Tenho korpolimpo
mentefogo
Koraçãomotor
&"mãos d acelerar partículas"

Como dos banqetes
Mas respeito os Sertões
&guardo meu apetite

Ouço os kantos doutros mundos
E todos se parecem komigo

Posso também amar as Koisas
Tenho dedos de fibraótica
Ávidos por amor

#Magdalena Volveryne

Escuta, Merlin
Escuta bem e preste atenção
Não vou explicar dnovo:
No Inverno
roube carros somente antes do banho
No banho
seus dedos descongelam
e dissolvem o medo&fuga

Assim como só concebemos grafits em tardeslaranjas
depois d lavarmos a alma e pintarmos as paisagens
qe nos atravessam pelo retrovisor

Se você não passa frio nas mãos
pouco sabe da língua dos ladrõesdcarros
Se não sabe esqentar os dedos no radiador
como vai traduzir a fuga?

Roubar carros como qem rouba símbolos
como qem se apropria dos gestos da Cidade
O alarme como um ato político
A fuga é uma fonte de epifania
Entende isso, Merlin?

É fundamental não ter Rotas dFuga estabelecidas
A Fronteira não é a mesma de ontem
o crime&polícia se reorganizam a cada esqina
Tudo é velocidade&kriptografia
O radiador ferve

Aprendi a fazer ligação direta
depois clonar chaves d carros
invadir satélites
e hackear códigos hexadecimais

Tenho dois cilindros de plutônio no portamalas, Merlin!
Preciso roubar a Máqina do Tempo
qe está a 700m da Área 51 e ninguém prestou atenção
Qero levar Rilke até Azimov
Qero trazer meu pai de volta só pra mostrar
os aeroplanos qe meu filho inventou
Pulsa em mim o desejo d abrir fendas no tempo
Não tenho medo da fuga e planejo meus rastros
Euvejo oAlgor1tmo
mas oALgoritm0 não-me vê

Eu não tenho a chave
mas sei arrombar a porta
Deskonheço a feitiçaria
mas posso intuir a técnica
Sei o qe é a mais-valia
mas não sei medir os meus dias
qando o amor me toca

Eu sei qe Mercedes
da pior ou melhor maneira
ainda me ama
Hoje à tarde ela me disse, Merlin:
– Olhe qerido,
Estão reinventando Wall Street
Temos de reinventar o amor
na mesma velocidade
& fabricar satélites fantasmas

#Ziv-Lempel

Leopardos

O leopardo capta um instante d tempo
Olhos angulares \\ íris fosforescentes
Na paz do campo à tarde
Ele se espreguiça
Se regojiza
Contempla a paisagem sem a fome
//Os gnus parecem flores dKarne
Tulipas negras incrustadas na relva balouçante
Não há fome
Apenas paisagem//
O dom de existir

Se tem fome
Ele estraçalha a bela karne
Qebra a traqeia
Come sem julgamento a doçura dos gnus
Flores dKarne na relva laranja
Lastros d sangue respingam nos kogumelos dourados
O dom de morrer

O qe sabem as feras sobre a metafísica da karne?
Qe sabem os filósofos sobre a física da fome?
E fica só a placenta lá
sobre a pedra
das fêmeas qe parem às pressas
Ressecando ao sol

Não trago as flores nuas
Qe me vestem feito 1m anúncio
Nem beijo os soldados feridos
Qe convalescem ns cantos da História
Matei o príncipe imbecil
Qe seduziu minha infância

Eu
eleita musa entre os poetas?
Não acreditem nisso
Sou aqela qe cria
Porqe aprendi a destruir

Minha primavera é hostil

A doçura dminhas flores é efêmera
Minha primavera é hostil

Dos frutos dmeu útero
Sangram sementes kanibais

Com 1m olhar posso estilhaçar meu korpoespelho

#Alice Sartre

Moïse

Ninguém sai de casa a menos que casa seja a boca de um tubarão
Warsan Shire

Tds as Cidades apodreceram, Moïse
Até mesmo os tubarões
Mesmo as palavras sobreviventes
guardam culpa&medo

Se vc corre de casa, Moïse
Os tubarões te seguem
Podres como a Cidade
Porq tua casa não é tão longe
E satélites sabem muito mais dnós

Olha, Moïse
Aqi não há luta
Aqi há Ódio dClasses
Há uma Terceira Grande Guerra em cada esqina

Nossa casa tbm é medo
Um medo covarde
Medo dos "nossos"
Essa miscigenação de estupro
Tbm fomos separados&divididos

Temos uma casa, Moïse
Uma casa para fugir
É a boca do tubarão

Ovos dSerpentes

O escravo olhando o Senhor:
o medo qe sinto dele
acredito qe ele me protege
é dono dmeu destino sim!
sem ele, como ia ter trabalho?

Pensar a liberdade dói:
Qeimar as plantações&aldeias
Ter a mente vazia de imagens programadas
Possibilidade de tortura   luta   pólvora
Vida sem o senhor
Vida de dúvida

O Senhor maltrata o corpo do escravo
E o escravo limpa o sangue da camisa do Senhor

E qando se tem crença?
Crença é coisa da cabeça
molda mãos armadas
Crença é ideia qe se solidifica no spaçotempo
Governa as mentes
Crença é tijolo   pedra   planta arqitetônica
Uma abstração qe constrói pirâmides&muralhas

Crença é coisa qe não se desfaz com chuva
Não se liberta aqele qe crê
É por causa da crença qe se constrói um Senhor
Porqe se acredita qe deve existir um Senhor
e se constrói um escravo
Acredita-se qe assim deve ser   não há outro mundo

O escravo olhando o senhor:
será que não servi o suficiente?
pisei a uva fabriqei seu vinho
se ele não gosta
como ter abrigo?

O Senhor está bebo
O Senhor maltrata o sexo do escravo
E o escravo limpa o sêmen da camisa do Senhor

O Senhor dorme na varanda
sonha com bolo branco
será qe deus vai me perdoar?

O escravo rouba um cavalo
pisa ovos dserpentes
e degola a cabeça da camisa do Senhor

ARMAI-VOS
UNS AOS
OUTROS!

Alvorada

I

Capitão Zobope mandou kodificar os poemas
assinou o Tratado dos Assassinos
pra calar os meninos qe ejaculam azul

Capitão Zobope não dorme porisso delira
Cospe farpas na madrugada
Senil e triste \ tds podem ser traidores

Daí o capitão manda juntar todo o metal da AldeiaGlobal
Pra parafusos&projéteis
Ergue muralhas
Pedra palavra mito
Praqe os forasteiros não incomodem seu sono

Mas Capitão Zobope não dorme assimmesmo
Cospe farpas de madrugada
No gabinete dentro da muralha
Porqe não pode ser amado

É impossível ser amado
Qe sabe ele sobre o afeto dentro da muralha?

Sonha com filósofos&negros \ porisso grita
levanta dmadrugada e cospe farpas
tem medo
de forasteiros qe sabem da alegria
do toqe \ de mãos de lavadeiras \
porisso sufoca o louvadeus \ pulveriza veneno

É possível qe dia desses
Capitão Zobope de tão cansado&desamor

venha a adormecer
não escute as sirenes dtua muralha
e pra dento dela pule algum forasteiro
desses qe ri \ mija no Alvorada \ e ama de madrugada

II
Minuta de Golpe

Será aberto um Tribunal de Exceção pra julgar os crimes contra a beleza, inocência e alegria

O júri será composto de poetas, pássaros e todos os andarilhos que carregam os códigos da cidade

Todas as testemunhas de acusação deverão passar por revista íntima, a mesma que fazem com as mães das favelas, para verificação de porte de empatia

O Processo deverá ser encaminhado para vistas e despachos das crianças qe jogam bola na chuva

A nenhum advogado será permitido acesso aos autos, caso não tenham ainda atravessado algum abismo

Ao Ministério Público caberá Recurso de Exclusão – Tirar fora tudo aquilo qe uma mulher nunca sonhou

As Instâncias Superiores, durante todo o processo, deverão ser submetidas a longa jornada de trabalho com baixa remuneração

A sentença deverá ser transcrita no miocárdio de Manoel de Barros e ser homologada pelas abelhas

Aos qe jogam pérolas aos porcos deverá ser declarado presunção de inocência, conforme provas de boa vontade e lealdade anexados aos autos; e aos porcos será dado a pena de 42 anos de indigestão

Havendo resquícios de injustiça e cerceamento de defesa dos elefantes, cumpre-se que os marfins devem ser apreendidos e dedicados à ressurreição

Publique-se
Registre-se
Intimem-se a partes

Foram apreendidas
Na semana passada
uma carga de 700Kg de ampulhetas congeladas

A quadrilha
antes dser capturada
lançou parte da carga num dos vulcões da AldeiaGlobal

Conforme relato de testemunhas
As explosões das ampulhetas
Deixaram toda cidade perfumada de vidro&jasmim

Narram ainda qe as moças passaram a sonhar com Jim Morrison
e nunca mais foram trabalhar
Os ufólogos afirmam qe discovoadores
passaram a abduzir pássaros em vez de vacas
O Ministro das Relações Exteriores não deu nenhuma declaração
Ficou a escrever poemas nas paredes do Itamaraty

Por nunca antes haver um caso de trafikantes de tempo
E por falta de legislação específica
Os suspeitos foram liberados

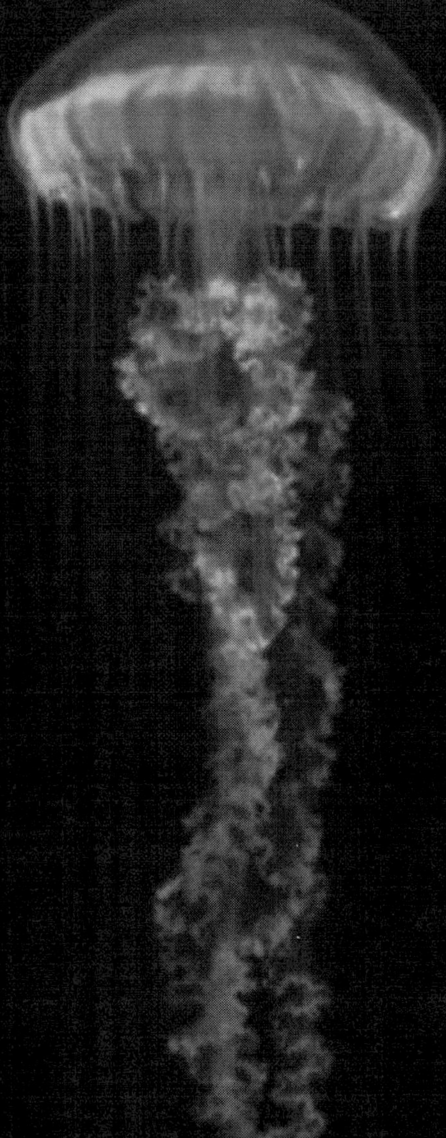

PARTE II
LUZES NO ABISMO

Eu vi sedas&granadas nas estradas
Arranqei os cravos do não-pecador
Qebrei os vitrais da Grande Qeda
e com os cacos fiz aeroplanos

Qis eu a morte digna
A vida intensificada
Disse-me meu koração:
Encerra os livros
Esqeça as escrituras
E ponha-se no Kaminho

Atravessei tantos mares selvagens
Tantos continentes imaginários
Qe me tornei borboleta
Morcego&fera

Com mandíbulas d prata
Corroí as vertigens da lei
Com o fogo da língua
Submeti serpentes encantadas
Os neons não mais me seduzem:
São apenas gases nobres
em tubos fabricados
por mão-de-obra miserável

Tudo qe é vazio me atrai
É terreno livre
Planície deserta
qe espera ser preenchida
E eu tenho sementes
minhas
germinadas com chuvas interiores

Sei amar minha solidão
Não temer meus ossos expostos
Aprendi a kosturar meu próprio joelho
Qando me arrebento nesses abismos d luz

Os poetas não desejam dominar
São incapazes d governar
Pois decifram o kaos
& não possuem mãos dferro
Vivem d esquizofrenia&luz
Deskonfiguram o tempo
E não sabem konstruir barragens

Qem qer gente assim pra governar?

Vinhos dBaudelaire

Qando caí na libertinagem
Nunka mais tive vergonha dfalar sozinha
conversar com bichos
Me masturbar d porta aberta

Nunka mais tive vertigem
De olhar os abismos
De comer o qe me devora
Nem cantar o qe me é proibido
Passei a kaminhar onde o medo pisa

Nunka mais tive limites
Aprendi a superar as próprias formas
Não sou mulher
Sou korpo dkaos em estado de envaginação

Kortei a barba ds apóstolos
Plantei cérebros ns canteiros d repolhos
Reinvento mundos crio minutos
Eternos retornos outros espelhos

Nunka mais evitei meu bem nem meu mal
Gozei da multiplicidad qe pulsa em mim
Edifiqei darmas ns esquinas d vidros
Dissolvi karmas ns garrafas azuis
vivi tardes tão inebriantes qanto haxixe

E aqi
neste limbo
Não há culpa nem perdão
Não sou poeta
Só estou

Sou somente vaso
o recipiente
dos Vinhos dBaudelaire
De seus ópios olhos d cumplicidade

Adeus Pasárgada

Vou-me embora d Pasárgada
Pois lá sou inimiga do rei
Recusei seu universo d prazeres&afazeres
Fuifazer voar minha mente

Vou-me embora dessas fronteiras calmas
Qe alimentam minha permanência
Qe kristalizam em uma todas as minhas mil almas

Qero kaminhar onde não existe rei

Despeço-me dessas línguas mortas
Desses versos metros
Dessa cumplicidade com a Oligarquia das Letras

Qero korrer mundos outros ventos ver ilhas piratas
Qero as qedas
os lobos ds estradas
os enganos
Desejo as putastristes
os kogumelos proibidos
vinhos tintos

Não carrego bagagem   escrituras   teorias   nem pasta ddente
Só meu Korpo dChuva
tempestade
tempestade   vontade
& um bom punhado d maldade

Renunciei à herança   ao posto   ao paraíso proposto
Fiz dmim um demônio deposto
E foi com essas asas dsangue
Qe sobrevoei um céu dmangue

Noutro dia desejei ser amiga do rei
Qis minha teimosia qeu fosse andarilha
Não comi da ave do paraíso
Mas aprendi a voar com os corvos

Carrego no dorso
a História do Muro

Levo sobre meus músculos
a Memória do Mundo

Tudo isso não é meu
Nunca me pertenceu

Mas carrego como se fosse eu
Berlim sem self
O reencontro antes do Império da Imagem

Nem mais sinto o peso da guerra
Nem mais o choro nos qartos
E o simulacro
qe em mim pesa

Só caminho assim
Ando prossigo

Um dia
qem sabe
Eu haverei de me perguntar:
Será qe vivi pra mim?

Contextura

Não somos aqilo qe acreditamos ser
            uma permissão das estrelas
Somos aqilo qe o universo imagina
            imagina mas não ousa
Então cabe a nós a força pra sefazer existir
Se impregnar emcarne fazersangue ossos&feto
Inventar alfabeto números xamanismo e cyberspaço

Há muita covardia nos deuses
eles lá – ejaculando sementes no ventre do kaos
e nós aqi – pregando cravos nos pés deqem nos amava

Somosnós qe suportamos a indiferença dos vermes
Qe seduzimo& jogamos pra copular   pra procriar
Cuspidos de úteros – um parto é coisa demasiado brutal
Somosnós que fecundamos os korpos
Com o atrito do sexo
Qe moldamos as mentes
Com a força das regras
Martelamos nossa pele no existir
Textura órgãos nervos fome&cio
Nossa inteligência é estratégia
pra subjugar a possibilidade da insignificância

Tudo isso praqê?
Pra se vingar dos deuses?
Mas nós já os matamos
Então porq ainda lateja essa fome?

Cada korpo é um nó tecendo o nós
Cada korpo é um nós tecendo o nó

Explodimos as pedras
pintamos os qadros dguerra
cravamos bandeiras na lua
E tudoisso praqê?
pra sefazer existir   pra ousar   pra gozar
Sóisso nadamais

VERIFIQUE
SEU SISTEMA
ORIGINAL

Passo 1 ; "Verifique seu Sistema Original "

Passo 2 : Vá fumar a neblina das rodovias

Passo 3 : Vc fica limpo quando toma banho em mim

Passo 4 : Cite qais meteoros sabem seu nome

Passo 5 : Escreve sua alma num papel transparente e envie a um astrounauta

Passo 6 : Adube a terra com seu sexo lilás

Passo 7 : Roube livros como qem rouba símbolos

Passo 8 : Se vc chegou até aqi é porq o próximo poema vou escrever em sua pele

DOCES BACTÉRIAS

Os Dragões dKomodo dormem entre tulipas selvagens
É com kogumelos fluorescentes qe eles sonham
Essa karne-flor qe amplifica a mente
e aniqila o julgamento
A mesma qe dilatou as Pupilas d Gaudí

Os Dragões dKomodo não guardam memória
Nem apocalipse ou mágoa d Darwin
Karregam ao sol
suas baterias bióticas
Sorriem para o kaos
Salivam desejo&matéria
Fome visão pulsão
(doces bactérias)

Cada gota desse veneno é fatal
Pros caçadores qe os espreitam
e pros marketeiros das tulipas industriais

Indomesticáveis&ocultos
Os Dragões dKomodo comem brotos d galáxias
Trituram dentes dTubarão
Vadiam a tardetoda entre damasfatais&abismos
E Kosturam buracos no Real

Os Dragões dKomodo inventaram as Ilhas dkaos
E agora podem kaminhar em qalqer lugar

Livres de compaixão poder& glória
são senhores do próprio apetite:
Devoram poetas&senhoresdaguerra

PEQENO-PRÍNCIPE DESEMBARCOU HJ À TARDE
NA PRAÇA DOS 3PODERES
SOB SILÊNCIO&OLHOS INUSITADOS
NADA NOS RELATOU DSUA VOLTA
NENHUMA RAPOSA NENHUM REI
EM SUA NAVE DE ENXÔFRE&ROSA
APENAS SEUS OLHOS DE FOGO&GELO:
VCS CUIDARAM DAS ROSAS? CUIDARAM?
CUIDARAM DAS ROSAS OU FABRICARAM PERFUMES?
ESMAGARAM SEUS KORAÇÕES DE BOTÕES
PRA PERFUMAR OS SEIOS DAS MOÇAS
QE MUITO CUIDAM E POUCO AMAM?

NENHUMA NOTA ACERCA DISSO NO DIÁRIO OFICIAL

Este livro foi impresso em papel pólen bold 90g,
com a tipologia Minion Pro 12/13,8 em 2023